Lola emmitouflée

Du même auteur

Jacques et la corvée de bois, éditions Buchet-Chastel 2020

Un été à t'attendre, éditions Pont 9, 2019

Au fil des jours, éditions L'harmattan, 2014

Cent sept ans, éditions Buchet-Chastel 2014, prix Alain-Fournier 2015

Comment Clémentine sourde est devenue musicienne, préface de Sylviane Agacinski, éditions Plein feux 2005

L'enfant des vagues hautes, éditions Al Bouraq 2004

Exil, éditions Al Bouraq 2004

Lola emmitouflée

Marie-Aimée Lebreton

diagonale

Et si le psy avait posé un diagnostic, il aurait dit : « État anxieux. La patiente n'est pas passée loin. » Il aurait pu le dire, mais il ne l'a pas dit. C'est Lola qui lui a prêté ces mots, quand elle est venue le voir à cause des picotements.

1

Elle, c'est un volcan. La mère de Lola est volcanique. Elle est assise sur le site de Pompéi à elle toute seule, c'est elle qui fait la loi. Elle contrôle ce qui sort, ce qui rentre. Elle régule le rapport entre la roche et la gésine, entre le dedans et le dehors. Elle aurait pu ne pas tomber enceinte, mais il n'y aurait pas eu d'histoire. Elle aurait pu avorter, mais on n'avortait pas comme ça dans les années soixante-dix. Dans la pénombre du matin, elle ouvre les yeux. Lui est couché à côté. C'est en septembre, mais elle meurt de chaud. Elle ne veut pas se lever pour ouvrir la fenêtre. Le bruit des boiseries pourrait le réveiller. Elle pourrait enlever le drap ou glisser son pied sur le bord du lit pour y trouver la fraîcheur. Elle pourrait. Pas sûr qu'il comprenne ce que ça fait quand on vient de faire un enfant. Ça commence par la passion d'une femme d'abord enceinte pour elle-même. Comme dans les madones à l'enfant, elles sont au premier plan et pourtant elles regardent ailleurs. À travers le jour qui se lève, elle voit le monde enceint lui aussi. Les arbres, le lac, même le ciel s'arrondit. Elle en demande si peu, à peine plus que ce que son état comble déjà. Elle avait cru un moment ne pas y arriver. Qu'un corps aussi frêle que le sien n'accomplisse l'ambition de mettre au monde. Après, ça ne l'avait pas étonnée.

2

C'est en septembre que Lola a été conçue. C'était un mois de septembre comme un autre, un mois qu'on aime à cause de la rentrée. C'est en septembre qu'on prend les bonnes résolutions. En janvier aussi. Les feuilles des marronniers commençaient à rougeoyer et les bords du lac qui d'habitude s'offrent à la récréation se dissipaient dans une brume inhospitalière. Suzanne avait pensé qu'elle se sentirait moins seule si elle avait un enfant. Elle n'avait pas beaucoup d'ambition, alors faire un enfant c'était réaliser quelque chose. L'amener avec elle dans la maison à côté du lac, c'était déjà une chance, et, si elle avait vécu dans le désert, elle aurait dit la même chose. Elle ne s'arrêterait pas à la question de savoir comment elle pourrait l'accueillir, ni même comment c'était d'être une mère, elle prendrait l'enfant.

3

Lui, c'est Paul, le père de Lola. À cause de son imagination débordante, il se serait bien vu romancier. Paul écrivait des chansons, paroles et musique. Il ne les chantait pas, il les fredonnait. C'était un père aimant, mais un peu faible. Il aurait aimé avoir une place sur le volcan ou ailleurs, là où c'était moins brûlant.

4

Paul aimait les friches, les zones délaissées, les bords mal configurés, là où il était impossible de trancher entre la beauté et la laideur. C'était comme se tenir au seuil de quelque chose, une attention qui était presque une prière. Ses balades le menaient vers les baraquements, une zone sensible qui l'accaparait à cause des friches abandonnées. Ça sentait le fer rouillé à cause des eaux de pluie qui formaient des flaques rougeâtres. Personne n'aimait cet endroit de « fin du monde ». Au début, c'était un projet d'urbanisation pour attirer les familles des communes avoisinantes. Elles représentaient un faible pouvoir d'achat, mais la grande Région misait sur les taux d'intérêt assez bas pour les inciter à acheter. Le maire d'Annecy avait promis de détruire les baraques une fois le projet lancé. Elles étaient construites en préfabriqué, mal assemblées, ça sentait l'essence à cause des camions-citernes qui stationnaient en permanence. Plus loin, une allée caillouteuse offrait l'avant-goût d'une promenade qui se finissait toujours par un « Défense d'aller plus loin » ou « Zone non protégée ». Malgré cela, Paul s'était promis d'y emmener Lola plus tard. Ou bien ils iraient nager à la pointe du lac, là où on a pied.

5

Une photo témoigne du jour de leur rencontre. De toute évidence, ils ont eu un coup de foudre. L'image prise par des amis communs montre qu'ils ne sont pas entrés dans le jeu des apparences. Ils n'ont pas cherché à savoir ce qui, de l'origine sociale ou de l'activité professionnelle, pourrait expliquer leur attirance mutuelle. Et pourtant, Suzanne semble se demander comment une fille comme elle a pu intéresser un garçon comme lui.

6

Le moins qu'on puisse dire, c'est qu'ils n'aimaient pas les mêmes choses. Paul écoutait de la musique, lisait; Suzanne, plus en retrait, était déjà dans le rôle de l'épouse parfaite. À ses côtés, elle voulait rattraper le temps perdu, reprendre le droit-fil et s'y tenir, s'appuyer sur lui en qui elle voyait un Pygmalion pour les choses de l'esprit. Ça l'apaisait de penser comme ça, ça faisait redescendre la pression. Elle ne chercherait pas à l'épater. Elle apprendrait à ses côtés. C'est ce qu'elle s'était dit.

7

Jusqu'à présent, Suzanne avait vécu de petits boulots, mais depuis leur rencontre elle avait trouvé un travail dans une faïencerie de la région. Un temps, elle avait songé à reprendre ses études pour devenir institutrice, parce qu'elle aimait les enfants. À la faïencerie, il fallait bien faire son travail, mais ce n'était pas pareil. Il y avait moins de responsabilités. Elle faisait ce qu'il y avait à faire et le faisait bien. Quand elle était tombée enceinte, son patron l'avait changée de poste à cause de ses douleurs dans le dos. Ça l'avait touchée qu'il fasse quelque chose sans rien attendre en retour. Avoir un travail et un enfant, c'était la preuve qu'on pouvait s'en sortir.

Suzanne prenait son temps, regardait la lumière du midi scintiller sur le lac, c'était inachevé, changeant comme les volutes incandescentes des lanternes de papier.

Elle se souvenait du temps où elle redoutait de ne jamais avoir d'enfant. Quand ils s'étaient rencontrés, Paul l'avait rassurée. Elle aimait lui parler de cette chose tendre qui poussait dans son ventre. Quoi de plus doux que de sentir ces petits soubresauts à fleur de peau, ces plissements gracieux comme un souffle sur une brindille. Parfois, ça lui faisait peur, puis elle n'y pensait plus. Elle trouvait que sa vie ressemblait au paradis, c'était tout le contraire du manque d'autrefois. Même la maison au bord du lac, c'est elle qui l'avait trouvée.

8

Elle s'était posé un temps la question. Nulle part ailleurs, elle n'aurait connu pareil équilibre. Elle qui s'intéressait peu à la vie des œuvres voyait dans la nature un divertissement spectaculaire, une gourmandise propice à tout élan artistique. Le merveilleux pouvait surgir à chaque instant, se distinguer parmi les hommes ou se manifester par le cri froid d'un oiseau. C'est la fragilité des choses qu'elle aimait. Rien n'était stable. Tout pouvait changer. Quand elles fonçaient sur l'eau, les mouettes faisaient gondoler l'écume. Leurs cris sarcastiques ajoutaient à l'étrangeté du lieu qui n'avait rien de pittoresque. Elle s'était même demandé s'il n'y avait pas quelque part ou en elle d'inépuisables réserves d'imagination qui l'auraient prédisposée à voir la vie comme un jaillissement perpétuel.

9

Le voisinage un peu dispersé, le déclin des services publics, la bizarrerie des gens solitaires faisaient de cet endroit aux limites un peu floues, une zone à part. Ce n'était ni la périphérie d'Annecy, ni un quartier délaissé des alentours. En hiver, les routes étaient si enneigées qu'il fallait mettre des chaînes. Suzanne savait les mettre sans l'aide de Paul. Quand elle avait quitté ses parents, à l'âge de seize ans, elle avait eu l'impression que le temps entassé depuis des années s'était évaporé. Au début, ça avait été un soulagement. Deux fois par an, elle retournait à Cran-Gevrier pour leur rendre visite. Les voisins la regardaient mal. Sans doute y voyaient-ils le cas trop fréquent de ces filles qui à la première occasion oublient tout ce qu'elles doivent à leurs parents. Et quand elle sortait au centre-ville, elle sentait sur elle un regard envieux et pesant.

En général, les magasins étaient bondés, surtout le samedi. Une odeur de frites et de gaufres s'échappait des stands alignés aux abords de la gare, comme si la particularité d'une ville se concentrait en des lieux indifféremment ordinaires. Plus loin, dans le quartier huppé, des maisons magnifiques, de cent ans d'âge au moins, semblaient s'accommoder de l'évolution de la société. Elles étaient occupées par des gens renommés, des médecins ou des avocats. Sur les itinéraires des autobus, les arbres plantés par les services municipaux inauguraient une longue lignée de bouleaux qui s'étendait jusqu'aux montagnes. Selon les heures, ils bleuissaient ou devenaient argentés.

10

Au sein de ce bonheur, rythmé par la succession des travaux et des jours, de l'obligation de faire la part belle à l'humanité dont ils se sentaient les dignes représentants, ils menaient leur petite barque tranquillement. Suzanne détestait cette expression. Paul ne se lassait pas de cette comparaison fluviale. Pour se faire pardonner, il avait confectionné un jardin, de quelques mètres carrés pour y faire pousser des «fleurs de lac» qu'on trouvait dans la région. Parmi toutes celles dûment répertoriées, il avait choisi les moins erratiques comme l'androsace ou les primevères hirsutes, des plantes authentifiées par les siècles. Tout en jardinant, il leur parlait.

11

Le prénom était déjà sur leurs lèvres. Ils l'appelleraient Lola comme le film de Jacques Demy. Après la projection au ciné-club, Suzanne avait pleuré. Elle aussi voulait qu'on la regarde. Ce soir-là, elle avait esquissé une danse inspirée du film. Elle voulait que Paul sache qu'elle pouvait, elle aussi, user des armes de la séduction, aimer sans que cela soit toujours un mystère. La danse était une alternative heureuse pour se modeler autrement, défaire la trame quotidienne, retrouver la complicité des amours clandestines. Après, elle avait dit : « Si on a une fille on l'appellera Lola. »

12

Il y avait eu le premier Noël.

Suzanne avait pris le bus jusqu'à Annecy. Le brouillard vaporeux qui s'échappait du lac avait envahi la vallée et le chauffeur avait dû s'arrêter pour nettoyer les vitres où se collait le givre. La bise, ceinte de voiles nuageuses aussi pâles que des spectres flottants, soufflait sur le conducteur qui, une fois remonté dans le bus, avait été applaudi chaleureusement. Les routes à peine carrossables décrivaient des itinéraires contradictoires et on cherchait en aveugle comme dans un rêve éveillé. Sans doute la présence de la forêt renforçait-elle cette alternance de lumière et d'opacité, une action chromatique entre la terre et le ciel, qui faisait trembler les plus peureux. En zigzaguant, la route frôlait les arbres, énormes totems dans lesquels la puissance végétale déployait des splendeurs.

13

Ça aurait été logique d'attendre que la petite soit née. Mieux valait conserver un peu de mystère comme avait suggéré Paul. Contrairement aux années précédentes, Suzanne se sentait attirée par la magie de Noël, se rendre aux Grandes Galeries d'Annecy était une façon d'entrer avec un peu d'avance dans le roman familial.

14

Alors il y avait bien eu ce premier Noël en attendant Lola. Paul avait lu des poèmes qu'il avait mis en musique. Après, il s'était dit qu'il pourrait les chanter dans les écoles des environs. La musique faisait retrouver le sourire, c'était tout le contraire des chants à la messe avec les gens figés.

Suzanne avait mis les petits plats dans les grands. La nourriture débordait de leur assiette. Ils avaient mangé lentement en appréciant chaque bouchée. C'était comme un dîner en ville, avec la tendresse en plus. En regardant son ventre, ils avaient parlé du petit Jésus. Elle avait chuchoté « Vivement qu'elle arrive » et Paul avait pris leur impatience entre ses mains.

15

Ils se voyaient quelquefois avec Georges et Élisabeth, des amis d'enfance de Paul. Ils s'invitaient entre eux ou bien allaient prendre un verre à la brasserie « Le bon lieu ». On y servait une cuisine régionale à des prix raisonnables. C'était histoire de parler, de s'ouvrir un peu, de se comparer aussi. Suzanne riait aux blagues de Georges, mais ne supportait pas les airs de supériorité d'Élisabeth. Ça l'exaspérait de l'entendre parler des uns et des autres, d'avoir un avis sur tout. En revanche, elle lui trouvait des talents sûrs, aimait ses aquarelles. C'était toujours les mêmes thèmes bucoliques, des couchers de soleil, des clairières perdues derrière les montagnes ou des vents furieux qui battaient dans la nuit. Elle s'était promis de lui en acheter une, un jour, quand Lola serait née.

Un tableau qu'ils accrocheraient au-dessus de son lit. Un tableau qui représenterait le lac au printemps, avec des teintes de safran et de myosotis. Elle avait vu quelques esquisses dans son atelier. Un jour, ils étaient allés à une exposition qu'Élisabeth avait organisée à la mairie d'Annecy. Il y avait un monde fou avec des invités de marque. Suzanne était restée à l'écart.

16

Le climat était rude. Chaque matin, il fallait racler le givre sur le pare-brise. L'habitacle recouvert de neige semblait flotter dans un manteau scintillant. Paul avait envisagé d'acheter un engin plus solide. Ça coûtait une fortune. Avec l'argent qu'il avait mis de côté, il pensait qu'il servirait à des besoins plus impérieux. Sans recourir à des plaisirs trop coûteux, un voyage dans le sud, vers la douceur du vent et le sable sous les pieds, ce serait une aventure fabuleuse, une échappée splendide, vibrante. Cette fois, ils seraient trois. Ce serait une façon de rompre la routine, de se glisser dans une plénitude qui réchauffe. Ils ne parleraient pas des difficultés. Ils marcheraient dans le vent tiède, s'égareraient dans les herbes hautes, plongeraient leurs mains dans le sable. Être trois les aiderait à changer l'avenir, à laisser le passé, à prendre soin du présent.

17

De légères ridules s'étaient formées autour de ses yeux, autrement plus tendres que les pattes-d'oie de la maturité. Celles-là moins régulières, aussi légères qu'une feuille qu'on voit s'envoler, faisaient devanture sous la paupière. Leur couleur changeait selon les heures ou bien se mélangeait à son teint blond et pâle. Après, elle s'était dit que son sang aussi pourrait tourner.

18

Depuis quelque temps, une famille d'immigrés s'était installée dans les préfabriqués près du lac. Les voisins se plaignaient, disaient que ça attirait la misère du monde, ce genre d'aménagements. Ils étaient même allés voir le maire pour se plaindre. Aux informations, ils parlaient d'agressions sur les chantiers ou ailleurs dans les banlieues des grandes villes françaises.

Un jour, Paul était allé les voir. Il avait bredouillé quelques mots. Après, il avait su qu'ils étaient partis. Paul pensait que c'était à cause des bruits qui couraient au centre commercial et ailleurs. On parlait de vols, d'agressions. Il s'en voulait de ne pas avoir pu leur dire ce qu'il ressentait. Puis, il avait pleuré.

19

Malgré la rudesse du climat et les habitats dispersés, Paul et Suzanne ne se sentaient pas isolés. Ils trouvaient dans cette manière de vivre ce qu'ils cherchaient sans pouvoir vraiment dire ce que c'était. La faïencerie était à une dizaine de kilomètres et ça prenait du temps de faire les allers-retours. Et lorsque Suzanne s'était mis en tête de moderniser leur mode de vie, elle avait croisé le regard de Paul qui l'avait littéralement renvoyée dans ses cordes. Que vivre dans le silence et la nature, c'était former un archipel bien à eux, où déposer les choses, les rêves et les étaux bien serrés. Loin des barres d'immeubles en béton donnant sur les pelouses municipales, ils avaient échappé aux marques identifiables que sont ces quartiers qui abritent les jeunes gens qui démarrent dans la vie. On y croisait dans un rayon de plusieurs kilomètres tous les clichés associés à une certaine idée du bonheur et de la réussite. Leur choix de vie les avait en partie délivrés de la servitude à rentrer dans le moule. Paul lisait ou bien écoutait de la musique. Suzanne procédait à toutes sortes de remaniements dans la maison, apanage des femmes qui conjuguent leur vie avec celle de la famille. Elle se souvenait des fins de mois difficiles et des engueulades entre ses parents. C'étaient des souvenirs anciens qui remontaient parfois à la surface. S'ils ne faisaient pas attention, l'argent pourrait manquer. Elle était plus sensible aux différences avec les collègues, notamment ceux qui avaient de bons revenus, mais elle ne s'en plaignait pas. Elle faisait confiance à Paul et à son imagination. Leur art de vivre révélait une manière d'être et de ne pas être avec les autres, un certain repli sur soi, une volonté assumée de ne pas être totalement dans le coup.

20

Lui, ce qu'il aimait, c'étaient les défis, ou bien aller de l'avant. Quand Suzanne lui avait annoncé son état, il avait mis un temps avant de réaliser. Après, il avait pensé à tous les défis qu'il avait déjà relevés dans sa vie. Aller de l'avant, ça voulait dire avancer dans la vie professionnelle, mais c'était aussi se réjouir de choses simples comme s'étonner des similitudes dans le paysage ou s'asseoir sur l'herbe calme. Et quand Suzanne lui avait parlé de l'éducation qu'ils donneraient à leur enfant, il avait gentiment repoussé ses ardeurs en disant que la meilleure méthode était de ne pas en avoir. Ils vivaient bien et gagnaient correctement leur vie. Ils n'étaient pas obligés de faire attention à tout.

Quand il faisait froid, ils s'emmitouflaient dans un large manteau. Paul faisait du feu. Les flammes brillaient dans leurs yeux. Ils pensaient à Lola. En attendant Lola. Quand elle était petite, Suzanne pensait à sa vie d'après, elle disait, vivement après, vivement plus tard, quand je serai grande. Elle s'imaginait en reine des pommes ou de la nuit, moulée dans une robe fourreau ou dans un tablier de cuisine. Mais déjà, elle redoutait l'intime question, celle qui mène à la nudité nécessaire : être mère ou ne pas être mère.

De l'autre côté, là où le courant était moins fort, où la terre montait un peu, il y avait des baraquements loués à des gens de passage. Un écriteau sur un promontoire indiquait les coordonnées du propriétaire où adresser sa demande. De ce qu'ils en avaient vu, il valait mieux ne pas s'y aventurer. Ce pourrait être un lieu pour une série diffusée à la première chaîne comme il s'en faisait de plus en plus. Un endroit détaché du reste, un morceau de terre livré à quelques spéculations irrégulières, une manière de vivre que personne n'enviait.

21

Après l'affaire, c'est ce qu'on dirait de Paul. On dirait des choses comme : « C'était quelqu'un de discret » ou : « Que ça soit arrivé chez quelqu'un d'aussi discret, c'est étonnant ». La discrétion était moins une attitude défensive qu'un état d'esprit. Il aimait les choses simples, ne parlait de rien qui fût seulement important, ne regardait jamais en arrière. Paul trouvait au contact de la nature, un alter ego, une grâce qui s'imposait, mais sans romantisme. Cohabitant avec toutes sortes de vivants, se sentant appartenir au milieu naturel, il mettait un point d'honneur à ne pas contrarier les lois du hasard et de la nécessité. Par exemple, il n'avait pas besoin de tenue particulière pour se hisser sur les parois ou pour traverser des chemins de boue ou de caillasses. Il évoluait avec une dextérité naturelle, s'animait d'une intelligence presque animale, retrouvait la pure joie d'exister. Heureux d'être un témoin privilégié, il espérait que la vie passe ainsi. L'air décontracté, mais l'esprit vif, il allait comme vont certaines âmes qui se distinguent dans le domaine caritatif. Il ne prenait jamais sans donner en retour, s'inquiétait du désir des autres, accordait de l'importance à chacun. Il ressemblait à ces grands fauves qui traversent la savane avec grande élégance et puissance de vie. La comparaison n'était pas fortuite. Ils adoraient ça avec Suzanne, regarder des documentaires animaliers. Ils savaient qu'ils n'iraient jamais faire un safari. C'était bien trop cher.

22

Paul ne portait pas de jugement, ni sur les gens ni sur les choses. Plus tard, quand certains lui reprocheraient de n'avoir rien vu du drame qui se préparait, il ne changerait pas ses habitudes. Même après. Même après, il continuerait à faire comme il avait toujours fait, prendre Suzanne dans ses bras, filer vers les baraques, écrire des chansons pour Lola.

23

Petit à petit, le ventre de Suzanne s'arrondissait. À peine si une saison était passée, mais ce n'était pas encore les petits coups de pieds qui créent une intimité supplémentaire. Elle n'avait rien dit, pas même aux amis qui restent après l'enfance. Suzanne se concentrait sur les petits détails qui évoquent des figures maternelles comme les madones à l'enfant. Confiante en son frêle équipage, elle se projetait dans la délicatesse d'un visage, la tendre anxiété d'un regard et la puissance d'amour qui donne à chacun sans rien enlever à personne. Par quel pouvoir le temps apportait-il cette étrange familiarité à l'égard d'un être qu'on connaît à peine et qu'on a déjà envie d'aimer ? Tout occupée à cette pure rêverie, elle s'inquiétait de ne jamais retrouver son corps d'avant.

Il changeait comme autrefois il avait changé et elle n'avait pas aimé qu'il change. Elle avait lu dans une revue spécialisée que c'était l'affaire de quelques semaines après l'accouchement. Elle faisait de l'exercice physique en quête d'alternatives aux discours convenus sur la prise de poids, ne mangeait pas pour deux, se tenait un peu en marge des clichés sur la grossesse.

24

Ils acceptaient de temps à autre de prendre un verre au centre commercial. L'endroit n'était pas romantique, mais ils tenaient à ne pas apparaître comme des marginaux. Ils parlaient de tout et de rien, surtout des enfants. Chacun y allait de son expérience.

25

Elle avait acheté le magazine *Parents*. On y parlait de régime alimentaire, d'exercices pour garder la ligne. Des femmes bien habillées, coiffées impeccablement posaient sur des images en papier souple et brillant. À Annecy, elle avait repéré une boutique de vêtements de grossesse. Elle irait d'abord seule, puis emmènerait Paul pour qu'il donne son avis. Il n'était pas très exigeant. Ça la rendait triste parfois, quand elle faisait des efforts et qu'il ne remarquait rien. Elle pensait à Lola qui serait ravie de grandir dans une cabane avec de beaux tissus et des matières agréables. Suzanne choisirait une robe pour chaque saison comme dans le conte de Peau d'Âne. Son intérêt s'était porté sur un rouge vermillon un peu électrique qui lui donnait des allures de femme fatale.

La qualité du tissu laissait présager un certain confort grâce à l'encolure en mohair qui finissait l'ensemble. Petit à petit, les saisons entraient dans les pensées du moment.

26

Le soir, elle s'endormait avant lui. À cause de l'hormone de grossesse. Au début, elle avait résisté puis elle avait demandé à Paul de laisser les lampes allumées. Il la trouvait belle dans ce rôle de petite fille qui lui revenait en même temps qu'elle devenait mère.

27

Les jours passaient. Comme une suite de petits tableaux, les robes de Suzanne tournaient et retournaient les saisons.

28

Leurs balades les rafraichissaient. Sur les chemins, des rangées de cailloux laissaient quelques traces de leur passage. Quand le ciel était dégagé, ils apercevaient des marcheurs sur le flanc de la montagne. De leur maison, ça ressemblait à des mines de crayons bien taillées qui s'effaçaient progressivement ou recouvraient le territoire d'une façon délicate et parcimonieuse. Les itinéraires de randonnées étaient variés. On s'enfonçait dans la montagne sans repasser par le même sentier. Quel que soit le point de vue, les choses bougeaient, rien n'avait l'air de tenir à la même place. Parfois, ils imaginaient derrière les cimes convoitées par les alpinistes chevronnés, une église, des rochers, des gens heureux. La pluie sentait la résine dans cette région, à cause d'une forêt de sapins qui servait de terrain de jeu aux passionnés de hors-piste. En été, l'odeur était entêtante. Ils pouvaient rester des heures ainsi, à sentir la vie passer. Suzanne disait que la nature était un peu l'école du quartier. Elle ne regrettait pas Cran-Gevrier. La ville n'avait pas grand-chose à lui offrir.

De temps en temps, Paul apportait sa guitare. C'est en chansons qu'ils s'étaient fabriqué leur propre fonds, leur mémoire aussi. Les mélodies revenaient, au gré des moments. L'une d'entre elles racontait l'histoire très triste d'une petite fille qui, à peine née, avait été mise à l'eau.

29

Qu'y avait-il d'étrange dans le fait d'attendre un enfant ? Rien, auraient dit les gens. Ils auraient dit : « Rien, c'est comme ça, il ne faut pas poser des questions comme ça ».

1

Puis un jour, elle était arrivée. Elle était arrivée juste avant l'été. Ce jour-là, la petite avait filé, abandonnant son statut de chef d'œuvre pour remonter à la surface. La petite avait filé non pas comme une grenouille ou une crevette, mais comme une luciole avec un genre de beauté très aérienne. Paul était intimidé. C'est sûr, ils n'auraient plus beaucoup de temps pour être tous les deux. Il y aurait peu de sommeil, peu de dîners en amoureux. Paul et Suzanne se regardaient à peine. Ils regardaient Lola.

L'accueillir les jetait dans un trouble sûr.

2

Elle était née entre deux averses. Suzanne avait voulu l'allaiter, mais elle disait que son lait n'était pas bon. Elle trouvait que les bébés ressemblaient à des limaces quand ils tètent, à cause des bulles de salive qui font un petit bruit de moteur. Paul l'avait rassurée. Ils avaient acheté du lait maternisé à la pharmacie et un chauffe-biberon pour maintenir les cadences. Puis il avait sorti une feuille blanche pour écrire les premiers mots de la chanson de Lola. C'était un miracle de mettre les mots sur la musique et que ça devienne un air qui entre dans la tête. Paul avait souvent parlé de sa vocation d'artiste. C'était de l'histoire ancienne, mais parfois ça revenait.

3

Donc, le ventre marécageux de Susanne s'était rompu, la digue avait cédé et Lola était remontée avec son petit corps de limace. Contrairement à ce qu'ils avaient imaginé, Lola n'était pas leur œuvre. Elle était le commencement même de la vie, un mystère aussi. Avec la venue de Lola, c'est un autre ordre qui rythmait la vie de Suzanne, le temps ancien ne reviendrait plus. On pouvait être bouleversé par ce nouveau départ comme lorsqu'ils avaient emménagé dans la maison près du lac. C'était un endroit lacunaire, mais d'où la vie repartait. Leur désir de s'établir dans la région n'avait pas de rapport avec un quelconque retrait de la société, mais se voulait une forme de vie sans le passé qui enchaîne.

4

Les premiers temps, Susanne ne quittait pas Lola. Elle caressait son petit duvet en haut du crâne. Ça sentait bon l'humide et le chaud. En la caressant, elle faisait provision d'odeurs pour la garder sur elle. Elle n'avait jamais vu une peau aussi fine, un teint si pâle comme le rose qui nimbe certaines peintures murales dans les monastères de la région. Par instant, le petit duvet virevoltait comme des anges un peu malins, vaporeux, s'illustrant dans leur manège facétieux. Personne ne les voyait, sauf Suzanne qui imaginait à travers eux les témoins du pays prénatal.

5

Le jeu des ressemblances allait bon train. L'entourage projetait sur Lola un trait, une expression, un sourire. Parfois, ça passait la barrière des générations, mais rien qui ne s'apparente à une faute de goût. Parallèlement à ces usages, la venue de l'enfant cachait des sentiments mêlés, où l'on souhaitait bonheur et longue vie, sans rien dire du reste ou des secrets. Suzanne s'ennuyait en les écoutant. Elle n'était sensible ni à leurs compliments ni à leurs remarques. Et si elle avait pu dessiner ce qui lui passait par la tête, elle se serait contentée de peindre des fleurs ou des chevaux. Elle était heureuse. Ce bonheur n'appartenait qu'à elle.

6

La première fois, ça l'avait traversée comme une vague puis elle n'y avait plus pensé. Ça avait duré quelques secondes puis la vague était repartie. Si fière pourtant de voir les amis venus les féliciter, Georges et Élisabeth et les autres de la faïencerie.

À Lola bien sûr, à ce rayon de soleil qui inondait leur vie, ils avaient levé leur verre et adressé leurs félicitations aux nouveaux parents.

À Suzanne, logis subtil et saisonnier, ils n'avaient pas eu de mots plus élogieux. Son visage fatigué, pas tout à fait revenu, gardait quelque chose des amours lointaines. Plus tard, dans la chaleur ambiante d'une fin de journée, elle ferait sa première sortie avec Lola, dresserait l'inventaire des choses qu'elle aime, comme celles que l'on prépare soigneusement, respirerait tous les bruits du monde, attendrait pour voir la lumière sur l'eau.

7

Il faudrait lui apprendre à marcher. Ça irait beaucoup moins vite que pour d'autres mammifères, les chevaux par exemple qui, dès leur naissance, se redressent avec la dextérité d'un acrobate. Apprendre à regarder autour de soi. Regarder avant de traverser. S'enfoncer dans la forêt. Aller contre la peur. Domestiquer la peur.

8

À la mi-septembre les choses avaient encore un goût de blé. L'air chaud n'en finissait pas. Ils avaient construit un mobile qu'ils avaient suspendu au-dessus du berceau. Pour une fois, ils n'étaient pas d'accord. Il voulait des chats. Elle voulait des biches. Puis ils avaient trouvé un compromis, les chats couraient après les biches qui couraient après les chats. La structure était solide. D'abord pour une question de sécurité et aussi pour que l'air puisse passer plus facilement entre les fils. Le socle un peu surélevé permettait de voir les motifs répliqués à plus ou moins grande vitesse, de sorte qu'en les fixant l'enfant hypnotisé plonge dans un sommeil sans lutte. L'éclairage de la pièce était étudié pour que Lola ne soit jamais gênée par la lumière du jour ou par les réverbères que la voirie avait disposés autour du lac. Au début, les gens avaient râlé. Ils avaient signé des pétitions.

9

Ils s'affairaient jour et nuit, ne dressaient plus le couvert, laissaient la vaisselle s'entasser. Savait-on d'ailleurs ce qui, en plus des nuits blanches accumulées, altérait le peu de force qui restait à Suzanne ? Elle n'en disait rien, le dissimulait derrière un visage creusé. Perchée sur son volcan, elle passait d'une figure qui flamboie à une autre qui consume, comme deux styles de pensées qu'il fallait conjuguer.

10

Parfois, dans les moments d'assaut, quand l'échelle des soucis ne laissait plus rien entrevoir ni des plaisirs ni des intérêts, quand ce qui restait à faire l'emportait sur ce qui avait été fait, Suzanne revenait à la question primordiale : celle de la passion maternelle. Sa silhouette trop frêle, sa taille trop vite retrouvée s'offraient en modèle de la mère débordée. Dans les madones des peintres renaissants, les vierges en majesté enveloppaient l'enfant d'un regard, lui adressaient des sourires de tendresse et d'abnégation. La dimension sacrée prenait le pas sur le reste. La modernité n'avait pas permis de sortir des idées préconçues, et la pression qu'elle ressentait soulevait en elle une petite émeute. Elle n'avait pas d'idée précise de ce que doit être une mère. Sauf à partager avec le reste du monde ce qui n'avait pas de nom, elle livrait bataille au côtoiement de cette étrangeté, sans équivoque, à la manière d'une rivière dont le doux bruit évoquait déjà un léger débordement.

11

Depuis la naissance de Lola, Suzanne « prenait » son mercredi. C'était le jour des enfants, mais c'était surtout le jour de Suzanne à cause des courses et du caddie qu'elle remplissait pour la suite et aussi pour le week-end. Aller au supermarché, rentrer à la maison les sacs remplis de nourriture était une fierté. Comme la première fois avec Paul où après avoir rangé les courses, ils avaient fait l'amour parce qu'ils se sentaient à l'abri du malheur avec le frigo bien garni. C'est peut-être pour ça que Paul n'avait rien vu, à cause du frigo et des bonnes choses que Suzanne préparait. Quelquefois, ils invitaient des voisins ou bien Georges et Élisabeth. Ils avaient fêté ensemble le premier mois de Lola. Ça avait été une belle soirée. Suzanne avait sorti la nappe qu'on leur avait offerte à leur mariage. Paul la regardait. Il la trouvait belle. Et quand elle dénouait ses cheveux et allumait une cigarette, elle ressemblait à ces stars américaines sur les couvertures des magazines.

12

La fin de l'été amenait une certaine douceur qui allait de pair avec le génie des lieux. La surface du lac réfléchissait leurs propres pensées, et la montagne était une chambre d'écho où résonnaient aussi bien la musique de Paul que les petits cris de Lola. Paul et Suzanne avaient tenu leur promesse de ne pas se compromettre avec la superficialité de l'époque. Ils maintenaient leur distance en se ralliant à ce dépaysement métaphorique. Ils n'étaient pas isolés puisqu'ils voyaient des gens, mais ils tenaient bon sur ce qui leur semblait important.

13

Suzanne dormait avec Lola. C'était plus pratique pour la nourrir. Plus tard, elle avait pensé à Paul puis elle n'y avait plus pensé. Peu à peu, ils s'étaient habitués à ne plus dormir ensemble. Leur vie ressemblait à ces petites embarcations de fortune qui dérivent au gré du vent. Même sur le lac, il arrivait que des barques ou des voiliers s'égarent. Elle n'avait rien lu de ces livres qui parlent de l'éducation des enfants. Elle s'était dit qu'elle ferait comme dans la vie, avec la joie de l'intranquillité. Elle prendrait soin de ce qui murmure, de ce qui essaime, où l'on éduque comme on cultive une parcelle de terre, un potager. Parce qu'elle avait failli être engloutie quand elle l'avait mise au monde, elle y allait avec la prudence d'un artiste que sa quête fait parfois vaciller. Elle n'avait pas oublié le retour de la maternité. C'était leur première virée en voiture. Elle regardait à travers la vitre, se laissait bercer par le bruit du moteur. Elle avait bien senti que quelque chose n'était plus pareil. Elle n'aurait pas su dire ce qui n'était plus pareil. Quelque temps après, Paul lui avait proposé de parler à Élisabeth, la femme de Georges. Elle rayonnait depuis la naissance de leurs enfants. Suzanne n'avait rien répondu.

14

Petit à petit, c'était arrivé. Au début, ils n'avaient pas fait attention. C'est comme les gens qui disparaissent. Quand on s'en aperçoit, c'est trop tard. On lance des avis de recherche. La famille placarde des photos chez les commerçants. Chacun y va de son hypothèse. Qui sait si, le jour de leur disparition, ceux-là n'avaient pas affiché un visage plus souriant que d'habitude pour ne pas attirer l'attention sur eux ? Quand elle avait treize ans, Suzanne aussi avait imaginé sa propre fugue. C'était pendant les grandes vacances. Elle avait été prise en train de voler un flacon de parfum Eau Jeune au supermarché, celui aux senteurs orientales. Toutes les filles faisaient ça, il fallait juste ne pas se faire prendre. Au commissariat, ses parents lui avaient dit qu'elle leur faisait honte. Sa mère pleurait, son père gueulait. En rentrant, elle s'était jetée sur un livre de voyage. Au hasard, elle était tombée sur le nom d'une petite ville où les habitants vivaient en autarcie. La ville était perchée à flanc de colline. C'était dans le Massachusetts. Ce nom l'avait fait rêver.

15

Tout compte fait, elle se serait bien vue vivre sans Paul depuis qu'elle avait Lola. Elle le pensait parfois. Après, elle avait chassé cette pensée. Ils auraient pu faire la fête avec leurs amis, faire des virées dans la région. Ou bien, ils seraient allés danser avec Georges et Élisabeth. Suzanne aurait mis sa belle robe blanche, puisqu'elle avait retrouvé sa taille. Ils seraient restés un long moment face au lac. Il y aurait eu un grand vent, des enroulements de sable. Puis, Paul l'aurait embrassée. Elle se serait laissé faire.

16

Un soir, ils étaient retournés au cinéma. Ils avaient pris la baby-sitter d'Élisabeth. Suzanne était affolée. Comme la fois où ils avaient raconté à la télé qu'une femme était entrée chez des gens pour voler un enfant. Ça se passait dans le nord de la France. La voleuse d'enfant avait été retrouvée dans un hall d'immeuble. Elle était filmée menottée, entourée des gendarmes. On voyait les voisins se masser devant l'écran et réclamer la peine de mort. Les journalistes avaient parlé du geste désespéré d'une femme qui ne pouvait pas avoir d'enfant.

17

Par là aussi c'était dangereux, surtout la nuit. Le lac attirait beaucoup de randonneurs. Leur marche rythmait les points de passage entre les sentiers plus ou moins accessibles. Ils plantaient des tentes, montaient des gardes, faisaient du feu malgré les interdictions. Parfois, leur musique effrayait les animaux qui détalaient sur les pentes. On retrouvait des détritus nichés dans la pierre, dans les fourrés de ronces, entre les fleurs de cactus et les gentianes jaunes. Mais la désolation venait des lambeaux de plastique qui battaient au vent comme de funestes drapeaux et sous lesquels on reconnaissait les feuilles duvetées des chardons qu'on ramasse au printemps. Hors période estivale, c'était différent. Les amoureux de la montagne se laissaient porter par leur intérêt pour les choses authentiques. On les reconnaissait à leur barda d'où sortaient un trépied d'appareil photo et des cartes d'orientation. Les plus appliqués d'entre eux adoptaient une attitude méthodique, presque savante. Ceux-là cultivaient la marche comme un art de vivre.

18

Paul suggérait de ralentir le rythme à cause de la fatigue et des soucis qui s'entassaient. Suzanne répondait par un sourire, venait sur ses genoux, plongeait les mains dans ses cheveux. Elle jurait qu'elle allait bien et qu'elle donnerait sa vie pour que Lola trouve une vérité bien à elle, avec de jolis mots. Elle se rappelait la langue dans laquelle ils avaient murmuré le prénom de l'enfant. C'était il y a longtemps. Jamais je ne t'oublierai, avait-elle dit à Paul cette nuit-là. Elle n'avait pas les qualités d'Élisabeth, son assurance, son optimisme à toute épreuve. Suzanne alternait entre une passivité perchée et une inquiétude excessive.

19

Le plus simple aurait été de descendre définitivement, d'avancer sans regarder en arrière. Les manches retroussées, elle se serait mise à jardiner ou à faire de la poésie. Comme *Gaspard de la nuit*. Suzanne connaissait le poème par cœur. Paul le lui avait récité quand elle attendait Lola – qui se serait appelée Gaspard si elle ne s'était pas appelée Lola. Peu importe le prénom, elle les aurait aimés pareil, n'aurait pas pu exister sans lui, sans elle. Qu'aurait-elle fait si l'enfant n'était jamais venu ?

20

Bien sûr, en surface, tout allait bien : la vie recouverte par les tâches ménagères, les courses et le caddie à remplir. Au centre commercial, ils la connaissaient bien, Suzanne. Parfois, elle retournait chez Carrefour juste pour une botte de radis ou des champignons pour préparer le sauté de veau. Entre deux occupations, elle fumait des cigarettes devant la maison. Paul la regardait. Il aurait bien repris la vie comme avant, surtout quand ils faisaient l'amour près du feu de cheminée et du frigo bourré à craquer. Quand Élisabeth avait remarqué la fragilité de Suzanne, elle en avait parlé à Paul. Il ne lui avait pas dit merci comme on fait d'habitude, il avait pris Suzanne dans ses bras.

21

L'automne avançait à grands pas. La petite poussait bien. Tous les jours, en fin d'après-midi, ils faisaient un tour près des baraques où des gamins ahuris détalaient avec leurs mobylettes. La pluie serrée en cotte de mailles glissait sur leur petite merveille. La nuit tombait vite. Ils marchaient d'un pas souple. Avaient assez de mots pour ne pas se perdre. C'était un moment à eux où il leur semblait que le monde était un tel prodige qu'il pourrait bien se passer de l'humanité. En allant par les sentiers, ils apercevraient peut-être un renard. On les reconnaissait à leur pelage roux qui ressemblait à des lance-flammes.

Dans le froissement des tôles où s'engouffrait le vent d'automne, ils remettaient à leur place quelques cailloux que le sol avait recrachés pendant l'averse. En rentrant, ils faisaient du feu. Puis, Suzanne remontait sur son volcan.

22

Paul trouvait Suzanne parfaite dans son nouveau rôle, mais regrettait que le soir il ne reste plus rien d'elle à cause de la fatigue. Parfois, son perfectionnisme l'agaçait à cause de ses talents d'improvisateur, qu'il aurait aimé lui faire partager. Irréprochable. C'est le mot qu'il avait prononcé, et d'autres mots aussi dans des phrases très élogieuses avec des images ostentatoires. Des phrases qui tournaient en cercles amples et fournis, des phrases dans lesquelles on avait envie d'habiter.

23

Elle aurait pu continuer à écrire le journal qu'elle avait commencé. Elle y racontait les pluies d'été, les prairies éparses, l'odeur de terre dans les sous-bois. Elle considérait chaque espèce vivante comme participant à une harmonie universelle. La splendeur ne désignait pas seulement les belles choses, elle avait une existence spécifique.

Au-delà des tôles ou des friches urbaines, il y avait des petites formes d'architecture, faites de peu de choses, de mousse, de résineux, des « choses de peu » que seuls quelques habitués remarquaient. L'idée qu'on puisse en marge du monde tenter une façon de vivre autrement avait quelque chose de réconfortant.

1

Et pourtant c'était bien un cataclysme qui s'était produit, une tempête avec des eaux qui se soulèvent et des équipages de fortune. Elle n'avait rien vu venir à cause des couches à changer et des lessives toute la journée. Et quand les mots étaient partis, elle n'avait rien vu non plus. Elle n'avait rien vu, mais elle n'était pas triste. Elle se sentait suffisamment solide pour résister aux intempéries car, sur son volcan, elle n'avait pas laissé les choses s'abîmer, elle avait pris soin des biens et des personnes un peu comme à Cran-Gevrier quand elle se rendait utile et qu'on aurait voulu l'avoir comme sœur ou comme amie.

2

C'était arrivé un jour. Avant que ça arrive, il y avait eu d'autres vagues plus petites. Un jour, Suzanne avait suivi la vague. Elle avait eu peur d'être engloutie, elle l'avait dessinée à la manière des enfants. Puis, elle avait accroché ses dessins au mur de la chambre. Pas comme Élisabeth, pas avec des encadrements tout préparés qu'on achète chez le photographe. Avec des morceaux de scotch coupés très fins pour les coins. En observant le trait sûr et soigné, on devinait l'ondoiement de la vague et les embruns d'écume qui paradaient. Le dessin n'avait rien de tragique. Il s'en dégageait une joie simple, une confiance à laquelle elle aspirait. Puis, elle avait embrassé Paul, lui avait parlé sans perdre le fil.

Elle ne savait pas si elle l'aimait encore, mais elle ne l'aimait plus comme avant.

3

Pour les autres, ceux qui régulaient les accès au lac, ceux-là, ils n'auraient jamais imaginé une chose pareille. Un matin comme celui-là. À cause de la surabondance du brouillard et des eaux qui montaient. C'est à peine si on distinguait les maisons en contrebas, l'enfilade des toits en tôle, la forme allongée des baraques. Suzanne y voyait le prolongement de toutes ses rêveries. Elle se rappelait son enfance, sans la colère. Les souvenirs flottaient sans toucher terre, emportés dans une dissipation involontaire, délestés du poids du passé.

4

Personne ne l'avait vue partir à l'aube. Elle avait emmitouflé la petite, et tournant le dos à la maison, avait disparu dans le halo matinal.

5

Elle entendait déjà Paul lui dire de rentrer à cause de son teint trop pâle et du sommeil qui manquait.

Sans doute, l'aurait-elle pris de haut, les bras repliés pour montrer qu'elle n'était pas d'accord.

Sur les chemins bordés d'arbres sans feuilles, elle arborait sa maternité comme un joyau étincelant. Tout en marchant, elle caressait Lola qui dormait dans sa jolie robe blanche, soufflait sur ses petits doigts gelés.

Plus loin, en fond sonore, le roulis des vagues se mélangeait à ses pas. Elle se rappelait ses funérailles de lait, le jour où elle avait décidé de ne plus allaiter. Elle observait Lola tirer avidement sur le sein, pousser des petits cris de satisfaction. Elle avait essayé à maintes reprises, s'en était voulu de ne pas aimer se laisser dévorer par Lola. Elle n'avait rien dit du trouble, ni même du dégoût qu'elle avait ressentis. Elle n'aurait pas su quoi en dire. Puis, ils avaient acheté du lait en poudre à la pharmacie.

6

Le jour se levait. Une odeur d'herbe fraîche refaisait surface. La petite route qui partait vers les baraques scintillait à travers les branches clairsemées, et la lumière douce pour la saison était comme une promesse, une délivrance.

7

Penchée vers la petite, Suzanne chantait *À la claire fontaine* avec une inflexion particulière. Leurs pérégrinations ressemblaient à une équipée sauvage, à des préparatifs pour un voyage lointain ou une expédition dans le Massachusetts. La seule différence résidait dans un calme intérieur face à une détermination qu'aucune vérité n'aurait pu contrarier. Le lac n'était pas loin, à quelques dizaines de mètres. Il suffisait de tendre l'oreille pour percevoir le doux bruit des vagues mordant sur les galets.

Plus loin, on distinguait les berges, mais sans la rigueur des points, avec des lignes souples qui faisaient songer au dessin d'un aquarelliste débutant, le trait pas encore sûr, mais l'intention déjà visible.

8

Tout en marchant, Suzanne serrait contre elle Lola emmitouflée. C'était si doux, son petit museau trempé par la rosée. Comme un chaton qu'on trimballe dans un panier, Lola émettait des sons très aigus. S'il les avait entendus, Paul en aurait fait une chanson. Suzanne puisait la vie dans chaque pas, avançait comme une artiste qui s'apprête à signer son chef-d'œuvre. Elle imaginait Lola comptant sur elle pour rompre la glace, enjamber la palissade ; bien habiles ceux qui se risquaient à godiller sur les fissures, à entrer dans l'eau calme et gelée. La pensée lui venait qu'il s'agissait du commencement de sa vie.

9

Elles avaient marché longtemps, longé les berges qui donnent directement sur le lac dans la partie ancienne, moins praticable, plus sauvage aussi. Elles avançaient dans la lumière inégale. Suzanne avait l'impression de glisser à la surface d'un miroir amovible, le dos contre le vent, le froid sous les ongles. Au sommet, les cimes étaient un peu enneigées. Elle n'aurait su dire depuis combien de temps elle marchait avec Lola. Une heure, peut-être plus. Elle était assise au bord du lac avec la petite dans les bras. Une chance pensait-elle. Une chance d'être là avec Lola. Devant elle, l'eau hérissée par le courant, creusait des petits sillons. Lola dormait. C'est qu'elle n'avait pas froid.

10

Soudées l'une à l'autre, leur présence témoignait d'une modification du temps. Un temps différent qui passait autrement. Un temps sans écoulement particulier comme au sein d'un grand tout. Elle se rappela la robe couleur de lune qu'elle avait portée au deuxième trimestre de sa grossesse. Avant de la ranger dans du papier de soie, elle avait fait un vœu, celui de ne plus s'effacer derrière Paul, de connaître le nom de chaque chose.

11

Il n'existait sans doute pas de forme aussi libre que le balancement des roselières et des petits arbustes, comme si ces éternelles métamorphoses les autorisaient à entrer dans une improvisation généralisée. Suzanne n'était pas triste. Les choses se passaient, sans attendre quoi que ce soit, sans regarder en arrière. Petit à petit, elle se laissait aller, ne suivait aucune pensée logique, échangeait son enthousiasme contre un massif d'orties ou de menthe, devenait une pierre, un insecte, une forêt. Même l'air devenait tactile.

12

Puis il y avait eu un long silence. C'était arrivé si vite. D'un coup. Lola avait bien senti de l'eau sur son visage, des gouttes amassées qui ne se détachaient pas. Et quand elle avait passé sa main, elles n'étaient pas parties non plus. Ça avait fait comme une explosion, une maison soufflée par un incendie. Il y avait sous l'eau des encombrements de roches qui retenaient l'écume. Lola s'y cramponnait avec une force rageuse. Elle regardait Suzanne enchaînée à sa passion, flottant comme un nénuphar. Leurs corps ondoyaient en lignes amples et croisées. Si petite pour être dévorée par le néant, si petite pour sortir du tragique étreint. Comment articuler ce qu'elle ne pouvait pas encore mettre en mots ? Comment faire tenir ensemble les éclats de vie pailletés d'algues et de poussières ? Lola aurait-elle pu concevoir qu'il s'agissait d'une folie ? Que Suzanne pouvait être malade, qu'il fallait la guérir de son petit désastre ? Si le langage avait pu tomber des dieux, elle aurait multiplié les appels, trouvé le bon angle, réaménagé le temps. Avec ses petits pieds, Lola composait des figures qui n'avaient rien à envier à la parole. Ça donnait de la vie, du mouvement, un rythme plein de bondissements et de soubresauts aquatiques. Puis, avec ses petits muscles en forme de bouchon de liège, elle s'était sentie soulevée, et c'est, pleine du doux chaos de Suzanne, à l'abri de l'orage annoncé, qu'elles étaient remontées.

1

Quelqu'un avait dû donner l'alerte, sans doute le Goillot. C'était un type un peu bizarre qui causait très fort. Pêcheur à ses heures, il s'était proclamé gardien des lieux. Son renoncement à une vie sédentaire lui conférait une certaine aura. Pour lui, la vie, c'était juste un mauvais moment à passer. Il n'était pas du genre à se mêler, sauf pour des histoires de territoire. Sa manière de parler, revêche, saccadée, décuplait la densité de son être. L'idée que les malheureux ont le bénéfice du doute l'avait en partie sauvé. D'ailleurs, il servait parfois d'indic auprès des gardes forestiers pour arrêter les braconniers. Ce qui frappait, c'était son regard où avait remué la vie. C'est sûr, elle ne lui avait pas fait de cadeau. Ça obligeait à un certain respect.

2

Il avait attendu d'être certain, craignant plus encore d'avoir des vues de l'esprit. C'était déjà arrivé qu'il dérange des collègues pour rien. Ça le ramenait à de mauvais souvenirs. Là, il était sûr de lui et il avait appelé les secours. Si débrouillard et utile qu'il fût, il s'était jeté à l'eau, se démenait comme un diable pour sortir les corps, de la vase jusqu'aux épaules, les guêtres pleines de boue. Les pompiers étaient arrivés rapidement. Sur le ponton, un type en treillis parlait avec un mégaphone. Il était calme. Donnait des instructions. On sentait qu'il avait l'habitude.

3

La pluie couvrait les berges où les sauveteurs avaient installé un camion du Samu. Ils s'activaient pour réanimer la petite au souffle encore coupé. Le néon de l'habitacle éclairait son petit visage qui rappelait à la vie les instants fauchés. Il ressemblait à une médaille de baptême, un fond d'or à travers lequel on pouvait compter toutes les peurs cramponnées.

Le ciel blanchi par le froid charriait un grand vent qui ramenait les bonheurs anciens. À chaque respiration retrouvée, Lola réapparaissait du fond de son petit corps pâlot. Elle se laissait faire, allait vers l'endroit qui sauve, là où il y aurait toujours des gens pour l'appeler. Petit à petit, elle ramenait la destinée devant elle, absorbait le front béni de l'assistance, cherchait des yeux une fenêtre par où revoir la vie. Les soignants se démenaient. Ce n'était plus seulement le sauvetage d'une vie individuelle, mais celle de l'humanité entière. Dans le reposoir de ce petit refuge, les paupières de Lola s'étaient remises à battre. Était-ce parce qu'elle était si petite que personne n'avait pu retenir ses larmes en la voyant sourire ?

Le cri des mouettes traçait entre les arbres une atmosphère électrique où l'on sentait le ciel se charger.

4

Lola écoutait le vent. Puis, elle avait repris ses exercices de langue. Ce n'étaient pas des voyelles ou des consonnes du langage articulé, mais une manière d'associer des sons et de les relier entre eux. Lola pensait que même les limaces pouvaient faire des exercices de langue, mais aussi les vagues qui se rétractent pour se reformer autrement. Plus tard, quand elle aurait terminé, il ne manquerait rien ou presque pour remonter la pente.

5

Il y avait bien eu une explosion ou quelque chose comme ça. Une météorite qui en tombant du ciel avait soulevé des travées de roche et d'écume. Le lac était recouvert d'une sorte de poussière un peu sèche et bien localisée qui donnait l'impression de traverser des intempéries lointaines. Ce n'était pas seulement un mouvement géologique avec son caractère de fin du monde, mais une reconfiguration des éléments qui accentuait un sentiment d'abandon. Des volutes un peu grises plissaient les rayons du soleil qui pointait vers les sommets enneigés. Ça faisait tourner les hauteurs comme le bas à la place du haut et vice-versa. Lola n'était pas affolée. Son imagination jouait de rapprochements, d'assonances, esquissait des manières de réunir la partie et le tout. Les chansons de

Paul étaient un modèle, une source pour irriguer les pensées maigres et les idées fichues. Elles n'étaient pas sérieuses, mais il les avait toujours chantées sérieusement. C'est à cela qu'elle se raccrochait, Lola, en écoutant le vent.

6

Suzanne était assise, à quelques mètres de là, les mains sagement repliées sur une couverture. Elle regardait au loin, n'entendait pas les gens qui s'avançaient vers elle, observait la pluie qui se mélangeait à la terre.

Regarder au loin avait toujours été une activité salutaire et partagée, surtout au début avec Paul quand ils s'étaient installés dans la maison près du lac. Ils n'avaient pas seulement embrassé la nécessité d'une vie à la marge, ils cherchaient un accord harmonieux entre une nature hospitalière et leurs propres promesses. Ça permettait d'imaginer autre chose après, quand les temps changeraient et qu'on se mettrait à respecter les gens de peu, les gens qui n'ont rien. Quand ils regardaient au loin, c'est à ça qu'ils pensaient. Ils avaient l'impression de voir plus que ce qu'ils voyaient. Au début, ils avaient pensé que c'était à cause de l'amour qui donne des ailes. Après ils avaient pensé que c'était autre chose, un don particulier, un enthousiasme qui se distingue de tous les autres.

7

La police avait barré la route pour permettre aux enquêteurs de commencer leur travail, et c'est dans cette agitation fiévreuse que Paul était accouru avec Élisabeth. Il y avait un brouhaha épouvantable. Il faisait froid. Un instant, il s'était mis à l'avant du fourgon pour se réchauffer, la fumée du moteur empêchant le froid de se refermer sur eux. Il s'était étonné de ne pas voir Suzanne. Elle devait être occupée. Elle aussi avait dû être prévenue. Là où elle était, elle devait avoir des choses à faire. Il se disait qu'une fois les formalités réglées ils rentreraient à la maison, prépareraient un bon repas.

Après toutes ces émotions, il faudrait qu'ils se reposent.

Surtout Suzanne, pensait-il.

8

Des secouristes avaient interpelé Paul pour lui demander s'il était parent de la victime. Les poings serrés, les yeux hagards, il avait laissé Élisabeth répondre à sa place. Une diversion pour étirer le temps et retrouver Suzanne. Il avançait promptement, le pouls affolé à chaque pas. Il serait bientôt à ses côtés. Ce ne serait pas trop tard. C'est sûr, il avait l'habitude. C'est comme ça qu'il avait toujours fait. Même quand elle se plaignait de remontrances à la faïencerie, il prenait toujours sa défense, dans un sens toujours affectif, pour calmer son tourment aussi. Et puis, à force, il était parvenu à saisir les petites variations de forme ou d'intensité qui se logent dans chaque être humain. Il devinait les choses par-delà le vieux partage du jugement et de la raison. Il accueillait tout. Sans préjugés.

9

Sous la tente, Lola poussait sur ses petits mollets, impatiente de retrouver Paul et Suzanne. L'ombre portée par une lumière rase les montrait blottis l'un contre l'autre. Ils avaient le visage des gens dont la vie vient de basculer. Savaient-ils seulement que leur vie venait de basculer ? Puis comme si elle s'y était préparée depuis longtemps, comme s'il s'était agi de sauver ce qui pouvait l'être encore, Lola avait intensifié ses exercices de langue, déroulant un petit verbiage pour les remettre droits, elle et ses parents. Tranquillement, elle dévidait sa petite pelote, pour affronter le pire et raccommoder la vie.

1

Paul était stoïque, une attitude qui pouvait passer pour de l'orgueil ou de l'indifférence. Et s'il n'y avait pas eu la police qui resserrait le périmètre, il serait allé les voir, leur aurait fait un petit signe comme il faisait parfois pour apaiser les tensions. « Rentrez chez vous ! » aurait-il lancé avec un trait d'humour, il leur aurait dit qu'il ne comprenait pas ce qu'on leur reprochait, puisque l'instant d'avant ils étaient heureux. D'ailleurs, ils avaient des témoins, des amis qui n'avaient jamais douté de leur bonheur. Cette conviction partagée les sauverait de ce terrible malentendu.

2

Il y avait eu un cri bref, oppressant, un cri à couper la parole, le cri de Paul contre les policiers qui s'étaient rapprochés pour emmener Suzanne. On y entendait la menace d'être anéanti. Ils avaient encerclé la zone acquise aux fougères sèches, aux roseaux sauvages, une terre amène que les enfants transformaient parfois en cabanes. Arrivé à leur hauteur, Paul s'était débattu quand le commandant lui avait demandé de la lâcher, de « se rendre » comme de vulgaires criminels. Le dispositif n'était pas bien différent de ce qui existe pour des affaires de terrorisme. « Totalement disproportionné ! », avait lancé Paul considérant que la situation méritait un peu d'humanité. Les nuages cherchaient de l'air par où s'échapper, le ciel prêt à craquer semblait lui aussi les abandonner.

3

Paul ne lâchait pas la main de Suzanne. Il lui parlait comme à une enfant. Lui caressait le visage. Il lui disait qu'il ne fallait pas qu'elle s'inquiète, qu'ils allaient s'en sortir, trouver un allié et pourquoi pas en la personne du commandant ? Il avait une bonne tête sous ses allures martiales. C'est sûr, il comprendrait. Il devait avoir des enfants lui aussi. Il lui dirait la vérité. Que Suzanne était perchée sur son volcan depuis la naissance de Lola, qu'il s'était inquiété, puis qu'il ne s'était plus inquiété. De leurs rêves, de l'enfant attendu, de l'enfant accueilli. Ils n'avaient aucune foi religieuse, mais ils avaient la notion du bien et du mal, se souciaient des autres, des mal-logés, des exclus. Il l'emmènerait du côté des baraques, lui montrerait les aménagements qu'il avait conçus, lui parlerait de l'intérêt qu'il porte à chacun, de la vie qui s'invente même chez les plus délaissés. Les faits parleraient d'eux-mêmes, et qui sait s'ils ne donneraient pas à certains le désir de poursuivre, d'alimenter des initiatives, d'entendre que les errances n'excluent pas la possibilité d'un partage. Sans doute le commandant lui serait-il reconnaissant de lui ouvrir les yeux sur la vulnérabilité du monde. En tout cas, il ne pourrait rester indifférent.

4

Du poste de secours et des soins dûment prodigués, Lola faisait la sourde lutte. Il allait falloir se ressaisir, mettre les bouchées doubles, reprendre là où tout s'était arrêté. Avec ses exercices de langue, Lola recollait déjà les morceaux. Elle sentait la phrase battre contre ses tempes, soulever des montagnes, frayer des chemins. Ainsi la vie était-elle liée à cet élan surgi de nul passé pour créer une œuvre originale. Un abrégé de musique pour battre la mesure et une grammaire pour conjuguer le temps étaient essentiels pour bien démarrer dans l'existence. C'était comme attraper un vêtement pour le mettre à l'endroit, trouver la bonne tonalité avant de composer un morceau.

Depuis son lit, Lola apercevait Suzanne à mi-corps. Son visage était celui d'une reine.

Et la blancheur de ses mains, posées comme un détail, donnait à la scène une force picturale.

5

Lola ne rentrerait pas à la maison. Une dame très gentille lui avait dit qu'il s'était passé des choses graves. La dame avait un regard doux, sans tricherie, peut-être avait-elle essuyé quelques larmes, Lola n'écoutait déjà plus. Les paroles de la dame tournaient à vide, rendaient un son mat et creux.

6

Les jours qui suivraient seraient difficiles. C'est sûr, la vie ne serait plus pareille, et dans quelques mois le vide laissé par Suzanne rappellerait le péril annoncé.

Ce qui importait était de ne pas séparer Paul et Lola, de ne pas diviser ce qui pouvait être sauvé, comme on le fait des plantes que l'on soigne, que l'on transplante au besoin, mais qu'on ne prive jamais d'eau ni de lumière. S'il en était ainsi, ils retrouveraient un peu d'élan et de vitalité. Ils composeraient une chanson qu'ils enverraient à Suzanne. La mélodie serait suffisamment dense pour limer les murs et resserrer les cœurs. Puis à la saison douce, ils cueilleraient la lavande pour parfumer le linge, se mettraient à la cuisine, s'occuperaient du jardin. Prépareraient le retour de Suzanne.

Lola apprendrait à écrire.

Elle irait à l'école.

Elle connaîtrait le nom de chaque plante.

Elle n'évoquerait pas le monde sans Suzanne.

Elle guetterait le passage des saisons.

Elle chercherait un état entre le plaisir et l'ennui.

Elle aurait des idées affirmées.

1

Bizarrement, c'est la sensation d'humidité qui dominait, et pas seulement à cause de la pluie qui ne s'arrêtait pas depuis le début du procès. Un temps, il s'était demandé s'il en viendrait à bout, ou bien s'il ne finirait pas par devenir une sorte de matière liquide à lui tout seul. C'est sans surprise qu'il écoutait les plaidoiries. Celles de l'avocat général étaient réputées pour être longues. Il était manifestement inspiré, s'agitait dans tous les sens devant un public conquis à ses effets. Il occupait tout l'espace, faisait tourner ses manches, à croire qu'il en sortirait de quoi faire éclater la vérité. Rappelant que la justice ne relève ni de l'émotion ni de l'intuition, il lançait des intimidations à quiconque pourrait le contredire.

La pluie ramenait un peu de vie sur les

vitres battues par le vent. Les poings serrés, la tête dans les mains, Paul ne savait pas quelles paroles seraient assez subtiles pour couper court à toutes ces parades.

La seule chose qui empêchait de manifester ou de dire quelque chose était Lola à qui il ne cessait de penser.

2

Chaque soir après l'audience, Paul faisait un petit tour dans le centre d'Annecy. Il connaissait chaque ruelle, chaque place, chaque allée, regroupées de part et d'autre comme des petits vaisseaux qui descendent vers la vallée. Il faisait un tour à la librairie des Esquisses, curieux des nouvelles parutions, lisait la quatrième de couverture, puis reposait le livre comme un bien qu'il ne pourrait plus jamais s'offrir. Ce qu'il cherchait autrefois dans les livres, ce doux bruit du monde sauvé par la vie poétique, lui était en quelque sorte défendu. En lisant, il aurait eu le sentiment d'abandonner Suzanne une deuxième fois.

3

Une odeur de bois pourri longeait les bancs où le public nombreux s'était massé dans une indignation généralisée. Il serait toujours possible d'entendre la présumée coupable, mais à leurs yeux les faits ne mentaient pas. Parfois, ils laissaient échapper un rire nerveux, hochaient la tête aux conclusions de l'avocat général puis dans un mouvement de bousculade se précipitaient pour réserver une place à l'audience du lendemain. À la barre, Suzanne ne répondait pas vraiment aux questions, laissait échapper un timide oui ou non. Son silence, pris dans une apparence désinvolte, n'autorisait personne à s'y introduire. C'était comme une ligne imaginaire qui faisait obstacle à toute tentative de communication. Le monde lui était indifférent, s'était accaparé la froideur des registres, rendait invisibles les causes qui avaient agité son âme.

4

Dans le box des accusés, au milieu de quelques vieux meubles rendus pareils à des spectres diurnes, le temps semblait avoir perdu connaissance. L'atmosphère était lourde, nourrie de cette longue tradition populaire qui réclame justice à n'importe quel prix. Suzanne gardait le silence sans calcul particulier. Elle regardait les dossiers empilés sur les tables ou bien scrutait les visages dans l'assistance, notamment ceux qu'elle semblait reconnaître, puis elle tournait la tête machinalement ou bien remettait ses cheveux en arrière. Elle sentait le poids des regards, ça la happait dès qu'on la faisait entrer dans la salle. Puis quand elle repartait, encadrée de deux officiers, c'est sans effort qu'elle se laissait reconduire.

5

En général, Paul s'asseyait sur le côté pour voir Suzanne qui ne regardait personne. Usés jusqu'à la corde, les bancs de la salle étaient tous recouverts d'une patine terreuse qui donnait une impression défraichie. S'il avait pu, il aurait prétexté n'importe quoi pour ne pas venir. Il n'acceptait pas cette curiosité passionnée qui pousse les gens à déballer leurs opinions. Ça le mettait même en colère de voir ceux qui formulent des jugements à l'emporte-pièce. Lui, ce qu'il aurait dit, c'était tout le contraire. « Humain, trop humain » avait écrit un philosophe que Paul avait lu par le passé. Comment un jury populaire, mû exclusivement par un esprit de vengeance aurait-il pu se rendre disponible aux errances de l'être, à sa vulnérabilité, à sa folie aussi ? Cela relevait des réflexions privées, des soirs d'écriture et des humbles partages. Il avait pensé à la poésie romantique, à Hugo, mais surtout aux poètes allemands. Quand Lola était née, Paul avait senti une petite fêlure qui progressivement avait empiété sur tout l'être de Suzanne. Et même si rien ne laissait deviner un tel drame, il avait vu à travers sa fatigue l'effort presque machinal de ceux qui luttent contre leur propre effondrement. Il s'en voulait d'avoir érigé Élisabeth en modèle de mère accomplie. Cela avait sans doute contribué à ce repliement.

Les jours suivants allaient être pénibles. On allait entendre le patron de Suzanne, le Goillot et d'autres témoins présents sur les lieux.

6

Encadrée par deux gendarmes, Suzanne arrivait toujours par le fond de la salle. Avant d'entrer, on lui enlevait les menottes. C'était mieux pour elle et aussi pour les gens. Elle ne les voyait pas tous, à cause du dispositif et aussi de la lumière qui filtrait à travers de grandes baies vitrées. Assise près de son avocat entre un pilier en granit rose et une rangée de ficus hauts, elle donnait l'impression de se tasser, de se recroqueviller, et c'est avec un ton neutre et distant qu'elle répondait parfois aux questions. Contrairement au juge, l'avocat de Suzanne paraissait s'intéresser à sa personnalité. Il voulait savoir comment ça s'était passé les jours qui avaient précédé le drame, ou bien au petit matin quand elle avait emmitouflé Lola. Suzanne l'écoutait attentivement, sans état d'âme particulier. Elle se disait qu'elle aurait bien voulu l'aider, surtout parce qu'il avait une voix douce, un peu comme Paul qui avait une voix douce aussi.

7

Parfois ça prenait des allures de cauchemar quand l'avocat général s'adressait à Suzanne. Il parlait fort, un épais dossier dans les mains qu'il ouvrait au besoin ; ou bien il se levait, arpentant la salle, prenant le public à témoin. Rien ne lui échappait, il connaissait les moindres détails de l'affaire, s'y référait promptement, affecté de cette suffisance que s'accordent parfois les spécialistes. Ce jour-là, il était revenu sur sa vie, sur les années lycée à Cran-Gevrier, avait évoqué le garage où travaillait son père. Il réparait des moteurs et des circuits d'auto. Ce n'était pas loin de la maison, et parfois elle lui apportait sa cantine, une salade de thon avec du riz ou bien des restes de la veille. Elle traînait le pas pour y aller, n'avait pas grand-chose à dire à ce père qui sifflait les filles ou rigolait bien avec les autres du garage. Le monde n'était pas assez vaste pour abriter la honte de Suzanne qui ne savait pas encore qu'elle avait honte de sa famille. Puis elle rentrait avec le Tupperware vide, pas lavé, longeait les rues pavées et les maisons de briques qui masquaient habilement la misère à l'intérieur. C'est un jour comme celui-là, en rentrant du garage, qu'elle avait songé à partir loin, dans le Massachusetts. Ce qui lui était revenu pendant l'interrogatoire c'était la couleur du papier peint de la salle à manger avec de grands motifs à fleurs. C'était la mode à l'époque.

8

Suzanne esquivait les questions, l'esprit plus prompt à lisser des doigts l'épaisse chevelure qu'elle ramenait en arrière qu'à répondre au juge qui se montrait chaque jour un peu plus impatient.

Il lui avait fait la remarque, l'intimant de laisser ses cheveux et de se concentrer sur le déroulement de l'audience. C'était même contagieux, d'autres dans l'assistance répétaient le geste avec la même compulsion un peu tendue.

Elle avait aussitôt arrêté, tout en se demandant si ce n'était pas une plaisanterie qu'il fallait prendre du bon côté.

9

La pluie frappait maintenant sur les carreaux. Dans la salle ça faisait de la buée qui s'étirait par les ouvertures des portes comme des petites masses nuageuses. Suzanne avait même affiché un petit sourire en la voyant se poser entre les colonnes poussiéreuses, presque naturellement, avec une nuance de supériorité.

La réverbération du soleil ne l'empêchait pas de voir les visages dans le public. Leurs regards étaient suspendus au long plaidoyer déroulé par un homme talentueux, rompu à l'éloquence du geste et du verbe. Suzanne était fascinée par tant d'assurance. Elle aurait aimé avoir toutes ces qualités, ce naturel, cette aisance, tout comme Paul qui aurait pu faire une belle carrière lui aussi. En se tournant vers lui, elle lui avait lancé un regard complice, mais il n'avait pas répondu. Après, elle s'était dit qu'ils en reparleraient, une fois rentrés à la maison. L'avocat prenait son temps pour déplier ses arguments, marquait des pauses pour relancer l'attention. Sa voix portait loin, on sentait les années de travail. Suzanne imaginait, derrière cet homme fort et solide, quelqu'un de doux et d'attentionné.

10

On lui reprochait de ne pas avoir vu les choses arriver, de s'être tenu à l'écart, de ne pas avoir versé de larmes pendant son interrogatoire, de regarder à travers les vitres la pluie malmenée par un vent impatient. C'est après. Quand il avait lu l'article dans la presse. Il lui semblait que son être entier s'était crashé et que maintenant des badauds se massaient devant la carcasse, mais il n'était le survivant de rien. Il regardait autour de lui, les yeux toujours aussi secs. C'est vrai qu'il n'avait pas pleuré. Il n'avait pas de chagrin non plus. C'était trop tôt pour le chagrin. S'il avait pu demander une faveur, il aurait aimé lire ce qui se passe dans le cœur des gens, de ceux dont la vie bascule brusquement. Il repensait au premier printemps dans la maison du lac. Il avait offert à Suzanne *Les Contemplations* de Victor Hugo. C'est ce qu'il avait aimé chez elle, qu'elle s'ouvre à la beauté des mots.

Quand ils s'étaient connus, elle lisait des revues, des romans d'amour et de voyage. Elle avait une préférence pour la littérature américaine. Lui, c'était différent, et parfois dans leur conversation, elle se mettait à rougir d'en connaître moins que lui. Elle baissait la tête ou bien faisait diversion en passant la main dans ses cheveux. Un jour, après une dispute, elle était allée chercher *Les Contemplations* et devant lui avait déchiré les pages une à une.

11

À la bibliothèque d'Annecy, il avait compulsé des articles de presse qui relataient les mêmes drames. Ce n'était pas aussi rare qu'on le disait, mais les gens n'en parlaient pas. Un jour, en levant la tête, il avait croisé le sourire de la bibliothécaire. Elle l'avait peut-être reconnu. Est-ce qu'elle savait ce qu'il avait vécu ? Peut-être voulait-elle savoir comment il vivait depuis la condamnation de Suzanne. Est-ce qu'il se sentait coupable, se pardonnait-il de n'avoir pas pu prévenir son geste ? Dans sa tête, le haut des étagères s'était mise à pivoter, et il sentait son cœur tanguer comme sous l'effet d'une houle. Sa conviction était qu'aucun homme ne peut envisager le pire pour ceux qu'il aime. Le repentir n'avait pas plus de sens que le pardon qu'il n'avait jamais imploré. Dieu n'avait rien à voir avec l'affaire, et son interrogation portait davantage sur la manière dont les hommes rendent la justice que sur les raisons qui avaient fait basculer Suzanne. Sans doute avait-elle essayé de combattre ses propres peurs. Au moins au début. Quand la première vague l'avait effleurée. Elle avait essayé c'est sûr. Chaque jour, un peu plus. Ça n'avait pas soulevé de colère particulière. Il ne l'avait jamais entendue se plaindre. C'était venu petit à petit. Elle dormait peu, trouvait le sommeil en murmurant les premières mesures de la chanson de Lola. La vie s'était pour ainsi dire renversée comme on dit d'un animal qui traverse dangereusement. La vie à l'envers pourrait-on dire, comme il y avait longtemps, quand elle était allée se promener sur les cimes et qu'elle sentait quel plaisir elle aurait eu à ne plus jamais redescendre. Cette fois, c'était différent. L'envers avait tout envahi, le jardin, les murs de la maison, de la chambre, le dehors avait pris la place du dedans, il n'y avait plus de dedans dans la tête de Suzanne.

Puis un matin, elle avait emmitouflé Lola.

12

La pluie avait cessé pendant l'annonce du verdict. Suzanne avait été condamnée pour tentative d'homicide volontaire. Elle avait écopé d'une peine de trois ans de prison, assortie d'une obligation de soins. La presse était là. Dans la salle du tribunal, au bord de la grande baie vitrée, la lumière perlait en petites rafales, réduisant l'écart entre la brutalité de l'annonce et la belle journée qui se préparait. L'éclat du ciel ramenait aux années heureuses, aux chemins buissonniers qu'ils avaient traversés et qui auraient dû s'offrir comme un modèle à suivre, un modèle éthique. Mais rien d'autre. Rien n'avait été évoqué. Seuls une dame, une vieille, avait marmonné quelque chose et avait manqué de s'évanouir et un autre, plus jeune, qu'on avait dû évacuer parce qu'il avait crié. Mais rien d'autre. Rien sur la folie des mères. Ça n'existait pas la folie des mères, pas ici, ailleurs peut-être, dans une autre langue. Il faudrait plus d'une langue pour dire ce qui n'avait pas de nom.

Paul regardait Suzanne.

Il aurait aimé la prendre dans ses bras.

Puis il avait pensé à la pluie qui s'était remise à tomber.

Marie-Aimée Lebreton est née en Kabylie. Maître de conférences à l'Université de Lorraine, elle vit à Paris.

Parus aux éditions diagonale

Le fils du matador, Francisco Palomar Custance, 2021

L'Affaire Magritte, Toni Coppers,
traduit du néerlandais, 2020

Autour de la flamme, Daniel Charlez d'Autreppe, 2017

Le Modèle, Manuel Capouet, 2016 (Finaliste du prix Senghor 2017 et du prix des librairies Club 2017)

Quand les ânes de la colline sont devenus barbus,
John Henry, 2015 (prix de la Roquette à Arles 2015 ; lauréat du festival du premier roman de Chambéry 2016)

La vie en ville, Damien Desamory, 2014

Les conquêtes véritables, Nicolas Marchal, réédition éditions diagonale, 2014 (prix Première 2009)

Dans la collection « Grands entretiens »

Le tapis volant de Patrick Deville entretiens sur l'écriture avec Pascaline David, coédition Le Seuil (Fiction & Cie)/ diagonale 2021

Les motifs de Laurent Mauvignier, entretiens sur l'écriture avec Pascaline David, éditions diagonale 2021

Les mondes possibles de Jérôme Ferrari, entretiens sur l'écriture avec Pascaline David, coédition Actes Sud / diagonale, 2020

Boulevard Cauchy, 2
5000 Namur
Belgique
www.editionsdiagonale.com
distribution@editionsdiagonale.com

ISBN : 978-2- 930947-06-8
Dépôt légal D/2022/13.601/1

Diffusion : CED
Distribution : Daudin
Premier tirage février 2022

Imprimé en Europe

Composition : Maryline Gatepaille

Vous êtes en possession d'un texte romanesque de qualité ?

Créée en 2014 par Ann-Gaëlle Dumont et Pascaline David, Diagonale s'adresse à tout auteur romanesque et se spécialise dans l'édition de romans tous genres confondus.

MANUSCRITS

Les éditions diagonale sélectionnent des textes de fiction au style singulier, à l'efficacité narrative et à l'univers original tels que « Les conquêtes véritables » de Nicolas Marchal (Prix Première), « Quand les ânes de la colline sont devenus barbus » de John Henry (Prix littéraire de la Roquette à Arles, Lauréat du Festival du premier roman de Chambéry) ou « Le Modèle » de Manuel Capouet (Finaliste du Prix Senghor et du Prix des librairies CLUB).

Elle favorise les liens dans la chaîne du livre en plaçant ses formulaires de dépôt de manuscrits dans ses livres. Elle incite ainsi à la découverte et à la vente des romans en librairie. Pour plus d'infos et conditions : www.editionsdiagonale.com

Formulaire de dépôt de manuscrit à découper et à retourner à notre adresse postale (Éditions diagonale, Service des manuscrits, 10 rue de Wagnée, 5334 Florée, Belgique) avec votre manuscrit (attention : sans retour de ce formulaire, nous ne pourrons examiner votre texte)

Nom :

Prénom :

Adresse (rue, numéro, code postal, ville, pays) :

Téléphone (GSM et/ou Fixe) :

Email (obligatoire) :

Titre du manuscrit :

(présentation et envoi : tapuscrit format A4, taille 12 ou 14, police classique, texte dans son intégralité, feuilles numérotées et si possible facilement détachables, titre du roman et nom de l'auteur sur la page de garde, pas de courrier recommandé, nous ne retournons pas les manuscrits envoyés)